아골 아골
개골 개골

글 안순혜   그림 안종대

푸른영토

아골아골 개골개골

초판 1쇄 인쇄 | 2012년 1월 18일
초판 1쇄 발행 | 2012년 1월 30일

글 | 안순혜
그림 | 안종대

펴낸이 | 원선화
펴낸곳 | 푸른영토

편집부 | 이세경
디자인 | 김왕기, 정연규
영업부 | 조병훈

주소 | 경기도 고양시 일산동구 장항동 751 삼성라끄빌 321호
전화 | (대표)031-925-2327, 070-7477-0386~9 · 팩스 | 031-925-2328
등록번호 | 제2005-24호   등록년월일 | 2005. 4. 15
홈페이지 | www.blueto.co.kr   전자우편 | kwk@blueto.co.kr

ISBN 978-89-97348-02-2   03810

* 잘못된 책은 바꾸어 드립니다.
* 값은 뒤표지에 있습니다.

평화롭던 아골 연못의 행복도
오래가지 않았습니다.
서로의 소리가 크다 보니
세대 간, 이웃 간에 큰 갈등이 생겼습니다.

빛을 오래 바라보면 어두워지고
어둠을 오래 바라보면 밝아집니다.

밝은 삶을 찾아
회복되어 가는 이야기를
그림과 글로 나누고 싶습니다.

안순혜 · 안종대

언제나 함께하시며 힘이 되어 주신 당신은 사랑이십니다.

사랑이신 당신께 이 책을 바칩니다.

"아곰아곰 아곰아곰!"
"아곰아곰 **아곰**아곰!"

개구리들이 "아골아골"
울던 때가 있었습니다.

숲의 나무는 오천 년
바람은 일만 년
새들은 십만 년은
되었을 거라 했습니다.

누구의 말이 정확한지는 아무도 모릅니다.

다만
예부터 구름이 전한 말이 있습니다.

온 세상에 가뭄이 들어
땅이 갈라지고
물이 말라 살 수 없었다고요.

　가뭄이 계속되자

개구리들은 정든 고향을 떠나 줄지어 서쪽으로 향했습니다.

한 개구리 부부만이 동쪽으로 갔습니다.

마르지 않는 연못이 있다는 조상의 말을 믿었기 때문입니다.

개구리 부부는 동쪽으로 동쪽으로 가다가

해돋이로 아름답게 물든 연못을 만났습니다.
숲은 그 연못이 영원히 마르지 않는
"아골 연못"이라고 이야기해 주었습니다.

세월이 흘러
식구가 불어나자
평화롭던 아골 연못에도
하나둘 고민거리가 생겼습니다.

가장 큰 걱정은
　　어린 개구리들의 행동이었습니다.
　　밤낮을 가리지 않고 떼 지어 몰려다니고
　　심지어 겨울잠도 자지 않겠다며
　　소란을 피웠습니다.

더 심각한 일은,
　　조상 때부터 지켜 오던 울음소리를
　　더 이상 내지 않겠다고 한 것입니다.

　　"아골아골 우는 소리는 촌스러워요!"

소란이 계속되자
어른 개구리들이 모두 모였습니다.

"이대로 가다가는
아골 연못의 질서가 무너집니다."

개구리들은 어린 개구리들을
불러 모았습니다.

"자, 아골아골!"
"개골개골!"
"다시, 아골아골!"
"개골개골!"

어른 개구리들은
화가 났습니다.

야단도 쳐 보고
타일러도 보았지만,
불평불만은
늘어만 갔습니다.

하는 수 없이
이웃에 사는 뱀에게
부탁해 보기로
했습니다.

"지혜로운 친척 뱀 님!

우리 마을의 훈장이 되어 주세요.

아이들이 버릇이 없어 큰일입니다."

"그래? 그런데 내가 왜 너희 친척이지?"

"피부가 매끄럽고 겨울잠을 자는 게 똑같잖아요.

그러니 우리를 도와주세요!"

"흐음……!"

뱀은 오동통한 개구리를 바라보며

군침을 흘렸습니다.

"뱀 님, 입에서 침이 나오네요."

"음……, 나는 입으로 눈물을 흘린단다.

눈으로는 흘릴 수 없기 때문이지.

오랜만에 나를 알아주는 친척을 만나니

반가워서 흘리는 눈물이야!"

"뱀 님은 참 정도 많으세요!"

어른 개구리들의 간절한 부탁에
뱀이 이사를 왔습니다.
　뱀은 말썽을 피우거나
말을 안 듣는 어린 개구리는
잡아먹겠다고 겁을 주었습니다.

　어린 개구리들의 소란은
곧 잠잠해졌습니다.

그런데 이상한 일이 일어났습니다.
처음엔 혼만 내겠다던 뱀의 입에
어린 개구리가 자주 물려 있었던 것입니다.

뱀은 혼내 주는 거라며 얼른 뱉어 놓았지만
간신히 살아난 개구리는
시름시름 앓다 죽었습니다.

"뱀 님, 친척이 어떻게 이럴 수 있어요?"

참다못한 개구리들이 뱀에게 따졌습니다.

"친척이라고?

난 다리도 없고 너희처럼 울어 대지도 않잖아!

게다가 너희는 나처럼 이 멋진 이빨도 없잖아.

이 바보들아!"

뱀은 기다렸다는 듯

무서운 이빨을 내보이며

눈에 띄는 개구리는 가리지 않고

다 잡아먹겠다고 했습니다.

개구리들은 뱀을 불러들인 것을

땅을 치며 후회했습니다.

뱀을 쫓아낼 수는 없을까?

방법을 짜내 보았지만 뾰족한 수가 없었습니다.

한꺼번에 덤벼도 보았지만

뱀의 살벌한 눈초리에 질려

그만 싸워 보지도 못 하고 다 도망쳤습니다.

아골 연못은 죽은 듯 고요해졌습니다.

마침내
제비뽑기를 해서 한 달에 한 마리씩
뱀에게 바치는 것으로
의견을 모았습니다.

날이 밝았습니다.

첫 번째 희생자는 누가 될까?

모두 두려운 마음으로 아골 회관에 모였습니다.
손끝을 달달 떠는 개구리도 있고
이 핑계 저 핑계를 대며 도망가려는
겁쟁이 개구리도 있었습니다.

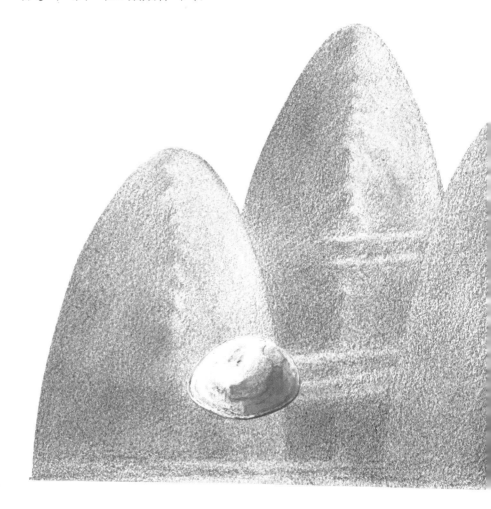

안타깝게도 어린 개구리들을 아끼고 잘 돌봐 주던
할머니 개구리가 뽑혔습니다.

모두들 갑자기 침통해졌습니다.
하지만 대신 나서는 개구리는 아무도 없었습니다.

"늙은 내가 먼저 죽는 게 낫지."
할머니 개구리는 슬퍼하는 개구리들을 위로하고
뱀의 굴로 들어갔습니다.
"지혜로운 뱀 님!
나를 잡아먹고 다른 개구리들을 살려 주세요.
매달 우리 중 한 마리를 바치겠습니다."
"오호!"
숨어 버린 개구리를 찾느라 애를 먹던 뱀은
흔쾌히 고개를 끄떡였습니다.

시간은 그 어느 때보다 빠르게 지나갔습니다.
한 달간의 평화는 잠시였습니다.

"이번에는 또 누굴까?"

모두 자신이 아니기를 바라며
제비뽑기를 했습니다.

병든 어머니를 모시고 살면서 마을 일을 열심히 돕던
착한 개구리가 뽑혔습니다.
아골 회관은 갑자기 울음바다가 되었습니다.
제비뽑기를 다시 하자는
개구리들도 있었습니다.

그때 누군가 소리쳤습니다.
"이대로는 안 되겠어요. 맞서서 싸웁시다."
"그래요! 뭔가 다른 방법을 세워야 합니다."

얼떨결에 할머니를 떠나보내고
괴로워했던 개구리들이
저마다
한마디씩 소리쳤습니다.

"이웃 마을 두꺼비에게 도움을
청해 봅시다.
껌벅이 두꺼비라면
우리의 부탁을 들어줄 거예요."

그러나 두꺼비들은 자기들도 죽을 수 있다며
딱 잘라 거절했습니다.

개구리들은 다시 사정했습니다.
"우리는 가까운 친척이잖아. 생긴 것도 닮았고!
너희의 딱 벌어진 어깨며 부리부리한 눈,
두툼한 발은 정말 멋지고 믿음직스러워!"
"우리 좀 도와줘!"

하지만 두꺼비들은 고개를 저었습니다.
"내 아들이 개구리 처녀에게 청혼했을 땐 왜 반대했지?
못생긴 두꺼비와는 결혼 시킬 수 없다 했잖아.
이제 와서 멋지고 믿음직스럽다고?"

개구리들은 할 말을 잃고 돌아설 수밖에 없었습니다.

방법이 없을까?

마을로 돌아온 개구리들은 머리를 **콕콕!** 찍어 가며 고민했습니다.

하루가 가고 이틀이 가도
좋은 생각이 떠오르지 않았습니다.

이 안타까운 사정은 먼 이웃 나라에까지 전해졌습니다.

그러던 어느 날
아골 연못에 아주 큰 개구리 한 마리가 찾아왔습니다.
두꺼비보다 몇 배나 더 거대한 몸집의
황소개구리였습니다.

황소개구리는 아골 연못에 살게만 해 준다면
뱀을 쫓아내 주겠다고 자신 있게 말했습니다.

개구리들은 이제야 진짜 친척이 찾아온 것 같아
뛸 듯이 기뻤습니다.
"물론이지! 마을에 살게 해 줄 테니 뱀만 쫓아 줘!"
"제발! 그렇게 해 줘."

황소개구리는
그날로 힘을 발휘했습니다.
황소 같은 울음소리로
뱀을 위협하더니
겁도 없이 달려들었습니다.

갑자기 나타난 황소개구리를
우습게 봤던 뱀은
여기저기 물어뜯긴 채
도망 다니기 바빴습니다.

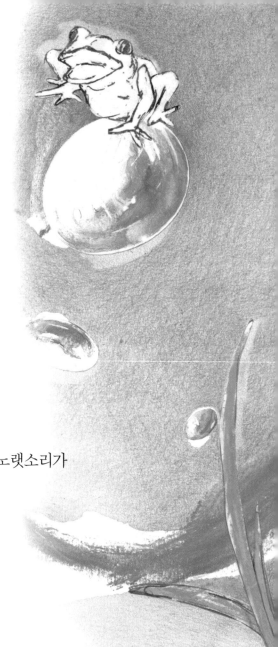

마침내 뱀이 멀리 쫓겨났습니다.

오랜만에 아골 연못엔 개구리들의 노랫소리가
하늘 높이 울려 퍼졌습니다.

"아골아골 아골아골!"
"개골개골 개골개골!"

노래하고 춤추는 잔치가 매일 계속되었습니다.

모두 맛있는 음식을 가지고 나와
황소개구리를 대접했습니다.

그 많은 음식을 다 먹어 치워도
개구리들은 기쁜 마음으로
음식을 날랐습니다.

며칠간의 잔치가 끝나고서야 개구리들은 정신을 차렸습니다.

황소개구리는 개구리들의 먹이까지
닥치는 대로 먹어 치웠던 것입니다.
그뿐이 아닙니다. 친구까지 불러와 여기저기 돌아다니며
왕처럼 행동했습니다.

뱀이 사라졌는데도 어두운 밤이 되면
개구리들의 비명까지 들렸습니다.

얼마 가지 않아 어린 개구리들이 잡아먹힌다는
사실을 모르는 개구리는 아무도 없었습니다.

황소개구리는 뱀보다 더 무서웠습니다.
눈에 띄었다 하면 물속까지 쫓아와 잡아먹었습니다.

"우리도 황소개구리처럼 몸집을 키웁시다."
"그래요! 많이 먹고 힘을 모아 당장 쫓아냅시다."

그러나 아무리 먹어도
개구리들은 몸집이 커지질 않았습니다.
오히려 살만 찌고 동작이 둔해져
더 쉽게 잡아먹혔습니다.

황소개구리 몸집만 더 커졌습니다.

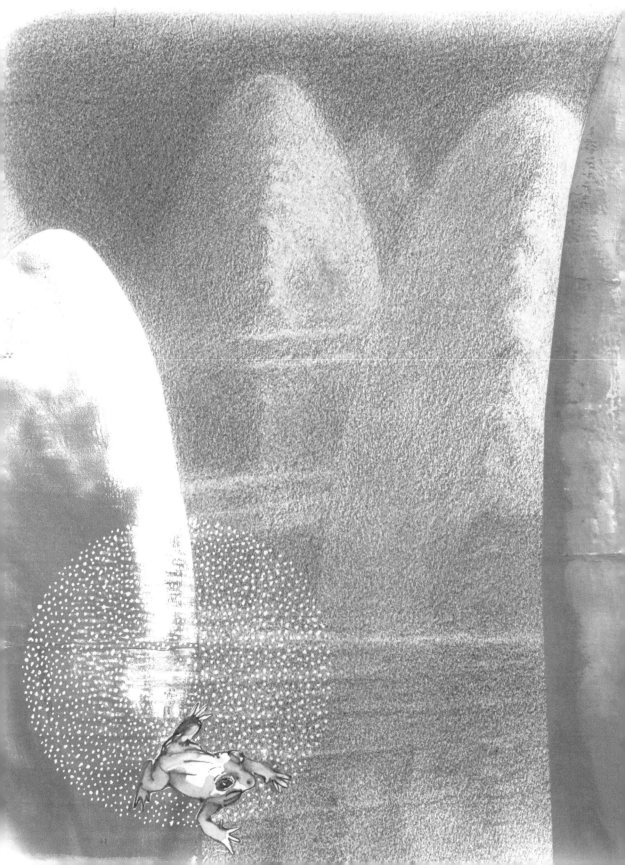

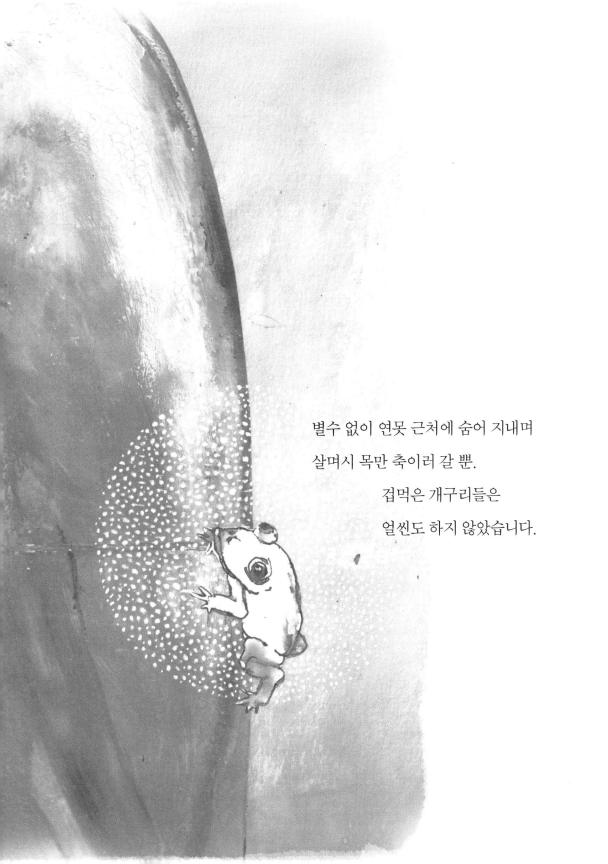

별수 없이 연못 근처에 숨어 지내며
살며시 목만 축이러 갈 뿐.
겁먹은 개구리들은
얼씬도 하지 않았습니다.

"우리 때문에 아골 연못을
빼앗길 수는 없어!"

숨어 있던 어린 개구리들은
땅속 비밀 장소에 모여
머리를 짜내며
궁리궁리했습니다.

꽃자리에 하얀 서리가 내릴 즈음
개구리들은 다가올 겨울을 앞두고
한자리에 모였습니다.

"이렇게 살 순 없어."
"봄에 황소개구리가 알을 낳아 숫자가 많아지면
그땐 정말 방법이 없어요."

"맞아요! 이젠 죽을 때 죽더라도
맞서서 싸워야 해요."
"봄에 황소개구리가 잠에서 깨어나기 전에
우리가 먼저 공격합시다."

찬 기운이 채 가시지 않은 이른 봄

서둘러 겨울잠에서 깨어난 개구리들은 차가운 연못에
얼굴을 씻고 조심조심 주위를 살폈습니다.
아골 연못은 조용했습니다.
황소개구리가 깨어나기 전에 모든 준비를
마쳐야 했습니다.

"아이들이 안 보여요!"

바삐 움직이던 개구리들이 뒤늦게 아이들을 찾았습니다.
　"혹시 황소개구리에게 모두 잡혀 먹힌 건 아닐까?"

겨울잠을 자지 않겠다고
말썽 부리던 아이들을 떠올리며 개구리들은
어쩔 줄 몰라 했습니다.

그때 온통 흙투성이가 된 어린 개구리가
비틀거리며 나타났습니다.

"아니, 어찌 된 일이냐? 다들 어디 있어?"
"우리가 잠든 황소개구리를 꽁꽁 묶어 놨어요."
"뭐라고?"

어른 개구리들은
믿을 수가 없었습니다.

파헤쳐진 굴속에는

정말 황소개구리가 꽁꽁 묶인 채 자고 있었습니다.

"이럴 수가! 우린 이런 줄도 모르고 다들 죽은 줄만 알았다."

개구리들은 어린 개구리들을 꼭 끌어안았습니다.

"뱀을 부르게 된 것도, 황소개구리에게 당하게 된 것도

다 우리 때문이잖아요. 개골개골 울지만 않았어도…….

우리가 할 수 있는 일은 아무것도 없었어요.

그래서 황소개구리가 겨울잠 자기만을 기다렸던 거예요."

어른 개구리들은 고개를 끄떡이며

말문을 제대로 잇지 못했습니다.

"우리도 너희에게 더 귀 기울였어야 했는데……."

어린 개구리들 눈에 눈물이 고였습니다.

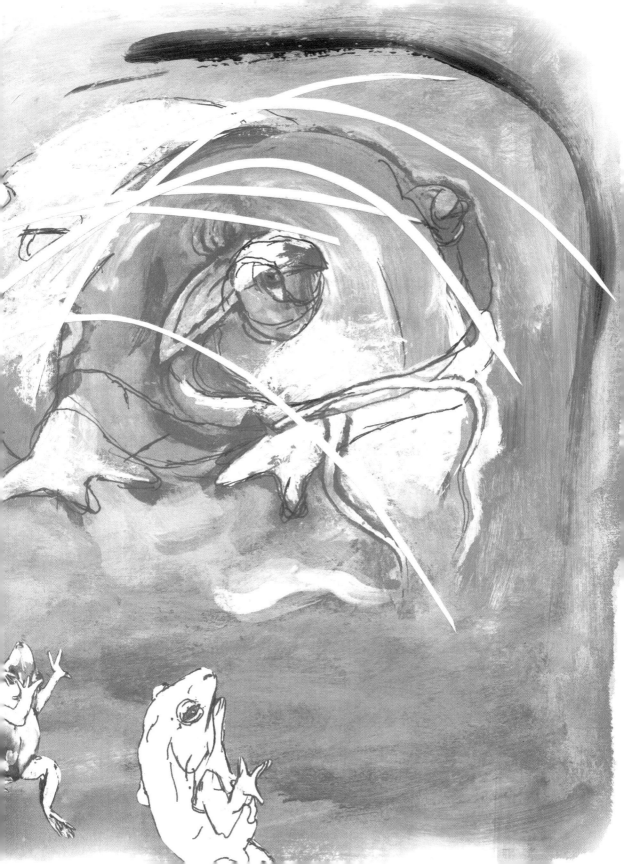

두런거리는 소리에 황소개구리가 눈을 떴습니다.

"머뭇거릴 시간이 없어. 황소개구리가 정신을
차리기 전에 빨리 공격해야 해요!"
개구리들은 한꺼번에 달려들어 물고 뜯고 할퀴기 시작했습니다.
한바탕 소란이 일자 연못의 이웃들도 나와 힘을 모았습니다.
도움을 주지 않겠다던 두꺼비도 찾아와 튼튼한 앞발로
황소개구리를 짓눌렀습니다. 등에 난 돌기로 독까지 내뿜으며
정신을 차릴 수 없게 했습니다.
새들도 날카로운 부리로
두 눈을 쪼아 앞을 못 보게 도왔습니다.

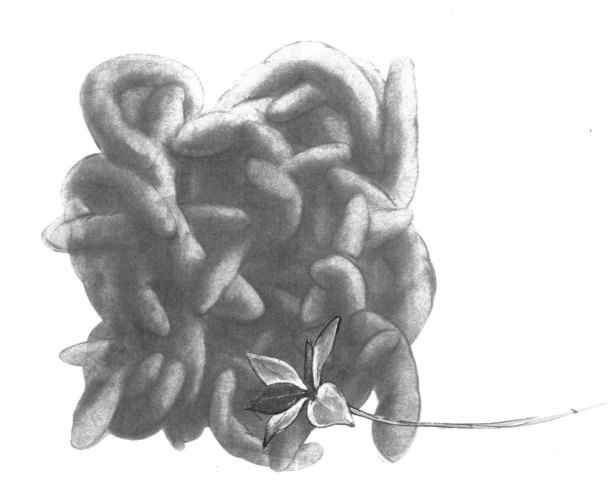

마침내 황소개구리는

미꾸라지들이 파 놓은 진흙 속에 빠져

영영 나오지 못하게 되었습니다.

"진짜 친척은 가까운 연못의 식구들이었어요.

무턱대고 힘이 센 자에게만

도움을 청하려고 한 우린

정말 바보였어!"

엄청난 대가를 치르고서야 개구리들은
연못을 되찾았습니다.

어린 개구리들의 지혜와 용기로 황소개구리를 물리쳤지만
희생도 많았습니다.
아골 연못의 많은 친구가 다쳤고 심지어는
목숨까지 잃었습니다.

아골 연못엔
다시 평화가 찾아왔습니다.

어른 개구리들은
알을 낳기 시작했고
아이들도 마음껏
소리 내어 울었습니다.

"아골아골 개골개골!"
"아골아골 개골개골!"

작가의 말

무더웠던 8월의 어느 날, 안종대의 작업실을 찾았습니다. 집 안으로 들어서자 바닥은 온통 개구리 그림으로 가득했습니다. 금방이라도 개구리들이 여기저기서 울어 댈 것만 같아 우리는 작은 소리로 소곤거렸습니다. 이야기 중에도 행여 그림이 밟힐세라 조심스럽게 피해 다니는 그의 모습이 개구리를 닮아 가는 듯해 웃음이 났습니다.

신기한 건 전에 없던 개구리들이 집 안으로 하나둘 모여들어 생생히 그림에 담을 수 있었다는 것입니다. 어떤 날은 뱀까지 문 앞에 똬리를 틀고 있었다며 뭔가 예사롭지 않은 표정을 지었습니다.

그와 함께하는 동안, 어릴 적 우리를 무릎 위에 앉혀 놓고 이야기해 주시던 어머니의 모습을 떠올리곤 했습니다. 그 아름다운 이야기들은 지금도 마르지 않은 샘물이 되어 우리의 삶과 예술을 하나 되게 했습니다.

한 어머니에게서 태어난 우리는 오랜 시간 멀리서 각자의 길을 걸었습니다. 그는 파리에서, 나는 서울에서…….

우리는 지금도 보이지 않는 삶과 예술의 열정을 나누고 있지만 글과 그림으로 다시 만나는 과정이 쉽지는 않았습니다. 서로의

모난 부분이 다듬어지고 비워지는 시간을 거치며 우리는 일찍이
느껴 보지 못했던 참기쁨으로 충만해졌습니다.

시골 종마루에 종 하나가 걸려 있다.
서리가 내리면 종은 은밀히 진동하고 부드러운 선율을 퍼뜨린다.

고대 시 속에 담긴 문구처럼 이 글과 그림이 서로 만나 진동할 수
있다면……. 그 울림으로 어른들과 아이들 마음 속 동심의 샘물
이 마르지 않게 할 수 있다면…….

평화의 소리,
"아골아골 개골개골!"
그 소리가 지금 들려오지 않나요?
가만히 귀 기울여 보세요!

글을 쓴 안순혜 선생님은

한양대 국문학과를 졸업하고 조선일보 신춘문예에 〈다시 태어난 날〉로 문단에 등단했습니다. 작품으로 《향기 마마》, 《나는 뭐 잡았어?》, 《숨 쉬는 도시 꾸리찌바》, 《이 방이 고래 뱃속이야?》, 《우주비행사와 토끼》, 《바보 되어주기》 들이 있으며, 《무릎 위의 학교》로 제36회 한정동 아동문학상을 받았습니다.
오늘도 선생님은 아이들에게는 꿈과 희망을, 어른들에게는 용서와 사랑을 전하고자 묵상하며 기도하고 있습니다.

그림을 그린 안종대 선생님은

파리국립미술학교(École des Beaux-Arts) 회화과를 졸업하고, FIAC 국제아트페어(프랑스 파리), 바젤 국제아트페어(스위스 바젤)를 비롯해 많은 국제전에 초대되어 작품을 전시했습니다. 그 외에 프랑스 파리 '파트리시아 도프만(Patricia Dorfmann)' 화랑과 한국 '가나' 화랑 등 국내외에서 20여 차례 개인전을 가졌습니다. 프랑스 센느 생 드니, 생 모르 미술관, 한국 호암 미술관 들에 작품이 소장되어 있습니다.
지금도 선생님은 우리가 보지 못하는 실상의 메시지를 회화, 조각, 설치 작품을 통해 보여 주고 있습니다.